VENETIA

Eric Puech

# L'immortel

## La Perle du Dragon

Albin Michel

*À mon ami SIFU LIANG CHAO-QUN*
*pour ses conseils et ses explications*

Ouvrage sous la direction de Jean-Luc Belin


22, rue Huyghens
75014 Paris
ISBN : 2-226-12099-8

Achevé d'imprimer en janvier 2001 pour la SEFAM par Pollina S.A., 85400 Luçon. N° L82186
N° d'édition : 19488. Dépôt légal : janvier 2001

" ... NE LE PRENEZ PAS MAL, SIGNORE LIZZEGNI, MAIS JUSQU'À PRÉSENT NOUS N'AVONS EU BESOIN DE L'AIDE DE PERSONNE POUR EXPÉDIER AD PATRES LES INDÉSIRABLES. ALORS COMPRENEZ QUE CETTE SITUATION EST TRÈS VEXANTE POUR NOTRE INTÉGRITÉ PROFESSIONNELLE ! À CROIRE QUE NOUS N'AVONS PLUS LA CONFIANCE DE NOTRE MAÎTRE ...
OH ZANINI, METS TA BILE EN VEILLEUSE ET AIDE NOTRE AMI À PRÉPARER SON MATÉRIEL : IL ARRIVE !

AH ! IL A L'EXACTITUDE DES PRINCES CE DRÔLE : IL EST SACRÉMENT PRESSÉ DE REJOINDRE FLORENCE POUR FAIRE SES PETITES CONFIDENCES ... MAIS HEUREUSEMENT QUE NOTRE AMI LIZZEGNI EST LÀ POUR S'EN OCCUPER, LA " SÉRÉNISSIME " VA POUVOIR DORMIR TRANQUI ...
AÏE !!!
JE VOUS L'AI DÉJÀ DIS, SIGNORE ZANINI ...

AÏE !!! HOULÀ ! EXCUSEZ-MOI SIGNORE, JE NE VOULAIS PAS VOUS MANQUER DE RESPECT ... AÏE ! ...
JE NE VOUS DEMANDE PAS DE PRONONCER CORRECTEMENT MON NOM, JE VOUS INTERDIS DE POSER VOTRE MAIN SUR MOI. JE NE SUIS PAS UN " LATIN. "
MATTEO, FAIS QUELQUE CHOSE ! ...
ARRÊTEZ VOS JÉRÉMIADES, ON VA FINIR PAR LE RATER SI VOUS NE VOUS GROUILLEZ PAS !
SANS VOUS COMMANDER, MESSIRE " L'ASIATIQUE ", NOTRE HOMME EST DÉJÀ À PORTÉE D'ARBALÈTE ...
JE PEUX RÉCUPÉRER MA MAIN ? ...
POUR VOTRE GOUVERNE, MON PÈRE M'A NOMMÉ LING-ZHEN .
VOUS M'EN VOYEZ RAVI ..
DANS VOTRE LANGUE, MON NOM SIGNIFIE : "COUP DE TONNERRE ".

VOUS VERREZ QU'IL N'EST PAS USURPÉ ...
KOF KOF ... MAMMA MIA ! CE QUI EST IMPRESSIONNANT AVEC VOTRE GROSSE ARQUEBUSE, C'EST SURTOUT LA FUMÉE, SIGNORE TONNERRE ...
AH AH ... C'EST POUR ASPHYXIER LES DÉMONS ! ...
EN CHINE, CETTE ARME S'APPELLE "LES SEPT TIGRES BONDISSANTS DE LA GROTTE".

Aussi incroyable que ça paraît, c'est vraiment ce qui s'est passé !!! L'espion et son cheval : pfiou ! Volatilisés, dispersés en petits morceaux !!!
C'est comme on vous le dit, messire Battista ...
... Je n'ai jamais vu une explosion comme celle-ci, une vraie gueule de dragon !! Effroyable !!
Mon frère a raison, on n'a jamais rien vu de tel ! J'ignore d'où vous sortez ce Chinois, mais je gage que même au dernier cercle de l'enfer il n'a pas son pareil !
Et en plus, il est d'un calme ! Il vous regarde fixement ... C'est à vous glacer le sang !
Bien ...
Je vous remercie pour votre rapport, signori, vous pouvez disposer. Mais n'oubliez pas, pas un mot à qui que ce soit sur le Chinois : *il n'existe pas* !!! Ai-je été bien clair ?
Vous connaissez notre devise, messire :
"Plus muet qu'une tombe".

Des flèches explosives ... On aura tout vu !! Et pourquoi pas célébrer ça avec un feu d'artifice pendant qu'on y est !
Redorer le blason de Venise demande du tact et de la discrétion. Trop de puissants guettent un faux pas de notre part, et le papa n' est pas le dernier ...
Mes respects, père.
Tu es revenu, mon enfant. Tout est donc accompli.
Nous allons pouvoir retrouver vos deux autres frères à l'autre bout du monde.
5

VOYEZ-VOUS, MES ENFANTS, L'EAU - TOUT COMME LA LUNE EST UN MIROIR QUI NOUS FORCE À L'INTROSPECTION ET NOUS PERMET DE VOIR PLUS LOIN.
SES DOUCES ONDULATIONS CHASSENT DE NOTRE TÊTE LES PENSÉES PARASITES QUI NOUS OBNUBILENT LA PLUPART DU TEMPS, POUR NOUS PERMETTRE DE FIXER NOTRE ATTENTION... IL SUFFIT DE VOULOIR. L'ENNEMI DU MAÎTRE EST LA DISPERSION DE SON ESPRIT, VOUS LE SAVEZ...
OUI, PÈRE, VOUS NOUS L'AVEZ APPRIS.
BIEN, VOYONS À PRÉSENT OÙ EN SONT LES RECHERCHES DE VOS FRÈRES... AH, IL ME SEMBLE QU'ELLES ONT ABOUTIES !

AINSI, C'EST DANS CE MODESTE ERMITAGE QUE TU TE CACHES DEPUIS TANT D'ANNÉES. JE T'AI CONNU DE PLUS LUXUEUX PALAIS, MON AMI...
POUR M'ÉCHAPPER IL Y A VINGT ANS, TU AS DONC FAIT "L'ASCENSION DE LA MONTAGNE"... C'ÉTAIT TROP D'HONNEUR, ET BIEN INUTILE EN FAIT, PUISQUE AUJOURD'HUI JE T'AI RETROUVÉ. MES FILS ONT BIEN ŒUVRÉ.

"ZI-HSIAO-GUAN" "L'ERMITAGE DU VIDE POURPRE" C'EST DONC DANS LE TAO QUE TU T'ES RÉFUGIÉ...
CES LONGUES ANNÉES DE MÉDITATION ONT-ELLES ÉMOUSSÉ TES RÉFLEXES, MON AMI ? DE QUOI AS-TU NOURRI TA SOLITUDE, EN T'EFFAÇANT AINSI DU MONDE ?

STOMP!
OUTCH !!!
BRAVO ! TA TECHNIQUE EST TOUJOURS REMARQUABLEMENT EFFICACE, MON VIEIL AMI, C'EST ADMIRABLE.
KRAK!
SA BOXE EST REDOUTABLE, PÈRE.
N'EST-CE PAS ? C'EST UN MAÎTRE... VOYONS À PRÉSENT SI VOS FRÈRES SAURONT ÊTRE À LA HAUTEUR.

* : YE XING KE (LITT : "HÔTE QUI MARCHE LA NUIT ")
ORIGINE CHINOISE DU CÉLÈBRE NINJA JAPONAIS.

... QUAND CET HOMME N'ÉTAIT QU'UN JEUNE FONCTIONNAIRE IMPÉRIAL FÉRU D'ARTS MARTIAUX, IL AVAIT DÉJÀ ACQUIS UN SURNOM ÉLOQUENT : " WU-DI ", LE " SANS RIVAL " !!
CHOMP!
OUVREZ LES YEUX, PETITS FRÈRES ...
TUMB!
PERSONNE NE PEUT SUIVRE AVEUGLÉMENT UN MAUVAIS MAÎTRE SANS EN PAYER UN JOUR LE PRIX.

MISÉRABLES !
SI VOUS CROYEZ M'ABUSER
AVEC VOS PITOYABLES ARTIFICES ...
IL Y A LONGTEMPS QUE LA DOULEUR
N'A PLUS DE PRISE SUR MOI !
LES TECHNIQUES QUE VOTRE
PÈRE VOUS A ENSEIGNÉES
SONT CELLES ...
POK!
... QUE
JE LUI AI
APPRISES !
AARGH !!!
SCHRUNK!

MAÎTRE VÉNÉRÉS, LES MINUSCULES MERCENAIRES SANS TALENTS QUE NOUS SOMMES ALLONS VOUS LAISSER POUR PARTIR VERS NOS PROPRES AFFAIRES SI VOUS LE PERMETTEZ.
BIEN, DISPARAISSEZ DE NOTRE VUE, PAYSANS !
C'EST ÇA ?
TRÈS CERTAINEMENT : TOUT Y EST, CACHÉ AUX PIEDS QIN-SHI HUANG-DI, L'EMPEREUR JAUNE : LES MANUSCRITS DES ANCIENS MAÎTRES ... ET SURTOUT LE COFFRET QUI CONTIENT ...
"YU TCHOU TIEN LONG", "LA PERLE DE JADE DU DRAGON CÉLESTE" !!! NOUS AVONS REMPLIS NOTRE MISSION, PETIT FRÈRE !
PÈRE SERA HEUREUX DE NOUS REVOIR !
ENFIN ! ELLE M'EST RESTITUÉE ! ET TOI, MON VIEIL AMI, TU AS REJOINS LE GRAND VIDE AUQUEL TU ASPIRAIS ... C'EST DONC POUR NOUS DEUX ...
... UNE EXCELLENTE JOURNÉE !

* FORME LITTÉRAIRE DE L'ÉPOQUE, PARTICULIÈREMENT INSULTANTE.

COMMENT ÇA, "TA PLACE" ? DEPUIS QUAND UN GORET DE TON ESPÈCE PEUT-IL SE BÂFRER À LA MÊME TABLE QUE SON MAÎTRE ? ALORS LE SOLEIL SE LÈVE À L'OUEST ET L'EMPEREUR LUI-MÊME MARCHE SUR LA TÊTE !
QUOI ? TU OSES M'INSULTER ?!?
J'OSE MÊME TE REFAIRE LE PORTRAIT POUR QUE TU SOIS PLUS PRÉSENTABLE QUAND TU VERRAS TES ANCÊTRES !
POK!
NON, NON, NON... PAS COMME CELA, ALESSANDRO, PAS COMME CELA ...
VOYEZ VOUS ÇA : CES BARBARES QUI SE BATTENT COMME DES VIEILLES FEMMES !!!
SHTONK!
HEU ... WU-LIN ...
... UN PETIT COUP DE MAIN NE SERAIT PAS DE REFUS.
MOI, JE ME SUIS TOUJOURS DEMANDÉ DE QUELLE COULEUR EST LE SANG DES ÉTRANGERS ... ON VA VITE ÊTRE FIXÉ ...

UN GRAND COMBATTANT COMME VOUS L'ÊTES CERTAINEMENT NE DEVRAIT PAS PERDRE SON TEMPS AVEC UN OBSCUR FONCTIONNAIRE IMPÉRIAL ... LÂCHEZ ÇA !
AAYA !
TOI, PETITE FLEUR DE BORDEL, NE TE MÊLE PAS DES AFFAIRES DE MON FRÈRE !
AH ? PARCE QUE CETTE BRUTE MALODORANTE A UN FRÈRE ?
C'EST ÇA. FAIS LA MALIGNE PENDANT QUE TU PEUX ENCORE PARLER ...
PETITE SALOPE ! J'VAIS ...
HOULA !
POK !
... T'APPRENDRE LE RESPECT !!!
KRONCH !
AVANT D'ALLER PLUS LOIN DANS CETTE INTÉRESSANTE DISCUSSION ...

… JE DOIS PRÉCISER QUE JE SUIS LA FILLE UNIQUE DE MAÎTRE ZHANG KONG-MING.
CELUI-LÀ MÊME QUI EST SURNOMMÉ LE MAÎTRE DE LA PURETÉ UNIQUE ET QUI VIT DANS LA MONTAGNE ET AVEC QUI MON AMI ET MOI DÎNONS CE SOIR.
OOOOH !!! LA FILLE DU SAINT DE LA MONTAGNE ! LES PAUVRES !!!
OH NON !!!
HONTE SUR NOUS, PETITE SŒUR ! PORCS STUPIDES QUE NOUS SOMMES !!! MOI, LI LE SEPTIÈME, AVEC MON FRÈRE LI L'ANGUILLE, NOUS IMPLORONS TON PARDON POUR NE PAS AVOIR SU RECONNAÎTRE LA BRAVOURE ET LA DROITURE D'ESPRIT QUAND ELLES ÉTAIENT SOUS NOS YEUX !
HONTE SUR NOUS !
HAHA ! UN RIEN LES ARRÊTE, CES P'TITS GARS !
PERMETTEZ-NOUS DE NOUS RACHETER EN VENANT BOIRE TROIS COUPES DE VIN AVEC NOUS, PAR PITIÉ !

WOH ! IL N'EST PAS TRÈS LARGE, LE SENTIER QUE TU NOUS FAIS PRENDRE, CARA MIA ! JE DOIS T'AVOUER QUE CE PRÉCIPICE SI PRÈS DES SABOTS DE MON CHEVAL N'EST PAS POUR ME RASSURER ... LE MOINS QU'ON PUISSE DIRE, C'EST QU'ON NE VIENT PAS PAR HASARD, CHEZ TON ERMITE DE PÈRE !
ON Y EST PRESQUE, COURAGE.
EN PLUS, J'AI L'ESPRIT QUI FLOTTE UN PEU, APRÈS TOUT L'ALCOOL QUE J'AI BU ... J'AI BIEN CRU QU'IL NE NOUS LÂCHERAIT PAS, LI LE SEPTIÈME ... LA SEPTIÈME PLAIE D'EGYPTE, PLUTÔT !!! TOUT CET ALCOOL DE RIZ ... HEUREUSEMENT QU'IL A ROULÉ SOUS LA TABLE AVANT NOUS !
M'INSPIRE PAS NON PLUS, CE PONT ...
NE T'INQUIÈTE PAS, IL TIENT DEPUIS PLUS DE MILLE ANS. TU VERRAS QUE L'ENDROIT OÙ VIT MON PÈRE EST IDÉAL POUR LE REPOS ET LA TRANQUILLITÉ DE TON ESPRIT.
C'EST CERTAIN QU'ICI, ON N'EST PAS PRÈS DE TOMBER SUR UN AUTRE LI LE SEPTIÈME !!!
MAIS ... PAPA ?
PAPA !!!
QU'EST-CE QUI C'EST PASSÉ ICI ? TOUT A BRÛLÉ !
HO, MON DIEU !
WU-LIN, TON PÈRE ...
IL EST EN BAS SUR LA CORNICHE ... JE SUIS DÉSOLÉ.
18

JE N'AURAIS PAS TROUVÉ CETTE PIÈCE DANS LE CREUX DE LA MAIN DE TON PÈRE, JE PENSERAIS QU'ELLE EST TOMBÉE DE MA POCHE ! C'EST INCROYABLE... QU'EST-CE QUE TU EN PENSES ? UN INDICE LAISSÉ PAR SON MEUR-TRIER ? CE SERAIT POUR LE MOINS EXTRAORDINAIRE D'IMAGINER QU'UN VÉNITIEN VIENNE JUSQUE DANS CES MONTAGNES POUR ASSASSINER TON PÈRE !
JE NE SAIS PAS. IL N'Y A PRATIQUEMENT PLUS D'ÉTRANGERS EN CHINE DEPUIS QUE L'EMPEREUR A FERMÉ LES FRONTIÈRES. TU ES UN DES RARES OCCIDENTAUX À VIVRE ICI...
QUANT AUX GENS DE CETTE RÉGION, JAMAIS AUCUN D'ENTRE EUX, DEPUIS LEUR PLUS LOINTAIN ANCÊTRE N'A JAMAIS RENCONTRÉ DE " LONG-NEZ ", TU ES MÊME LE PREMIER QUI AI JAMAIS GRAVI LE HUANG-SHAN... ALORS LES CHANCES POUR QU'UN AUTRE ÉTRANGER PERDE UNE PIÈCE COMME CELLE-CI ICI ... LES TRACES DE LUTTE, L'INCENDIE, ILS ÉTAIENT PLUSIEURS À S'ACHARNER CONTRE LUI !... OH MON PÈRE, QUI A VOULU T'ASSASSINER ET DÉTRUIRE TON ABRIS ? ÇA N'A PAS DE SENS...
PEUT-ÊTRE QUE LA NUIT NOUS APPORTERA EN SONGE LA CLÉ DE CETTE ÉNIGME.
TU DEVRAIS DORMIR UN PEU, AMORE.
PLUS TARD... DORS, TOI.
C'EST UN VÉRITABLE DUCAT VÉNITIEN, UNE PIÈCE D'OR DE MA CHÈRE CITÉ... ELLE EST TROP RÉCENTE POUR QUE MON ILLUSTRE PRÉDÉCESSEUR MARCO POLO AI PU L'OUBLIER POUR AUTANT QU'IL SOIT PASSÉ PAR LÀ... JE NE SAIS VRAIMENT PAS QUOI EN PENSER, ON DIRAIT VRAIMENT QU'IL A VOULU LAISSER UN MESSAGE !

ALESSANDRO ! RÉVEILLE-TOI, J'AI EU UNE VISION : MON PÈRE M'A MONTRÉ ! ! !
HEIN ?
TON PÈRE ? UNE VISION ?
OUI : IL M'A MONTRÉ DEUX CAVALIERS QUI PARTAIENT À BRIDES ABATTUES VERS L'OCCIDENT, JUSQU'À UNE VILLE AU MILIEU DE LA MER, UNE VILLE DONT UN LION EST L'EMBLÈME... C'EST TA CITÉ, N'EST-CE PAS ?
HEU... LA DESCRIPTION EST JUSTE, VENISE EST UNE MERVEILLE AU MILIEU DE LA LAGUNE, ET LE LION EST LE SYMBOLE DE SAINT MARC, SON SAINT PATRON...
CE QUI SIGNIFIE QUE DES VÉNITIENS SERAIENT VÉRITABLEMENT VENUS ASSASSINER TON PÈRE, OU DU MOINS L'AURAIENT COMMANDITÉ. CE QUE CONFIRME LA PRÉSENCE DU DUCAT DE...
SANTA MADONNA ! REGARDE LA PIÈCE ; ELLE N'EST QU'UNE VULGAIRE PIÈCE DE BRONZE CHINOISE !!! J'AI PAS RÊVÉ, WU-LIN : TOUT À L'HEURE, C'ÉTAIT BIEN UN DUCAT D'OR QUE TON PÈRE AVAIT AU CREUX DE LA MAIN, J'SUIS PAS FOU !!!
OUI, JE L'AI VUE ! PEUT-ÊTRE QU'ELLE N'A JAMAIS ÉTÉ AUTRE CHOSE QUE ÇA : UN MESSAGE...

SIGNORE BATTISTA, NOUS ARRIVONS EN VUE DE LA BORNE DU LIDO, VOTRE CITÉ VOUS TEND LES BRAS.
MOLTE GRAZIE, CAPITANO.
J'ESPÈRE QUE LE COURRIER A EU LE TEMPS DE PRÉVENIR MA FAMILLE.
HUMPH !
C'EST VRAIMENT TRÈS GENTIL DE LA PART DU CAPITAINE DE NOUS AVOIR LAISSÉ SA CABINE.
OH, SON NAVIRE APPARTIENT À LA FLOTTE DE MON ARMATEUR DE PÈRE...
ALESSANDRO, J'AI ENCORE RÊVÉ DE L'HORRIBLE DRAGON QUE MON PÈRE M'A MONTRÉ. LA VISION ÉTAIT PLUS EFFROYABLE ET PLUS PRÉSENTE QUE D'HABITUDE... RIEN À VOIR AVEC NOS BÉNÉFIQUES DRAGONS CHINOIS !
D'UN MONDE À L'AUTRE, LES MÊMES SYMBOLES N'ONT PAS FORCÉMENT LE MÊME SENS.
TU SAIS, SI TA VISION DEVIENT DE PLUS EN PLUS PRÉCISE, C'EST PEUT-ÊTRE LE SIGNE QUE LA BÊTE EST PROCHE, DONC LE OU LES ASSASSINS DE TON PÈRE ÉGALEMENT.
TU ME REJOINS SUR LE PONT ?
TU AS SÛREMENT RAISON... J'ARRIVE, MIO CARO.

* LES NESTORIENS : SECTE CHRÉTIENNE JUGÉE HÉRÉTIQUE PRÉSENTE EN CHINE DÈS LE VIE SIÈCLE.

* "VÉNÉRABLE MÈRE, PLEIN DE BONHEUR".

* "*IL MILION*" : "*LE MILLIONNAIRE*", SURNOM DE MARCO POLO, DANS LE SENS DE "VANTARD"...

QUE CET AIR EST DOUX ! J'AVAIS PRESQUE OUBLIÉ L'ODEUR DU GRAND CANAL, PAPA !
AH, CET ARÔME INIMITABLE, SUBTIL MÉLANGE DE VASE, DE MARÉE ET DE BOIS POURRI... COMMENT POURRAIT-ON VIVRE LOIN DE LUI ?
JE TE FÉLICITE POUR TA COMPAGNE. ELLE EST CHARMANTE... ET DISCRÈTE !
NE T'EN FAIS PAS, TA MÈRE L'APPRÉCIERA DAVANTAGE QUAND ELLE PARLERA NOTRE LANGUE, LAISSE LUI UN PEU DE TEMPS POUR S'HABITUER.
JE SUPPOSE QUE MAMAN AVAIT ENVISAGÉ UNE BRU PLUS... CLASSIQUE.
POUR NE RIEN TE CACHER, DÈS QUE NOUS AVONS REÇU TON COURRIER, TA MÈRE A INTRIGUÉ EN VUE D'UNE UNION AVEC LA FAMILLE MOROSINI. TU AURAIS PU NOUS PRÉVENIR QUE TU NE RENTRAIS PAS SEUL.
JE SUIS DÉSOLÉ, PAPA, MAIS JE NE POUVAIS PAS...
NOUS SOMMES VENUS ICI POUR RETROUVER L'ASSASSIN DE SON PÈRE. ÇA PARAÎT INCROYABLE, MAIS C'EST LA VÉRITÉ.
PA... PARDON ? QU'EST-CE QUE TU RACONTES ?
C'EST POUR CELA QUE JE N'AI PAS PARLÉ D'ELLE DANS MA LETTRE. TU COMPRENDS, CELUI QUE JE RECHERCHE EST SANS AUCUN DOUTE TRÈS INFLUENT.
MAIS CE...
HÉ !
TIENS, TIENS, LES BATTISTA PÈRE ET FILS SURPRIS EN PLEINE CONSPIRATION...
MATTEO, JE VOUS AI FAIS PEUR ! EXCUSEZ-MOI...
KOF ! KOF !
CONRAD ! JE SUIS PASSÉ PRÈS DE LA CRISE CARDIAQUE, MON AMI !
MAÎTRE ARKHEIM, VOUS ÊTES VENU !

JE SUIS TRÈS TOUCHÉ PAR VOTRE PRÉSENCE, MON MAÎTRE !
ALLONS SANDRO, TU ES COMME UN FILS POUR MOI ! MON ÉTAT DE SANTÉ EST SI CALAMITEUX QUE JE N'AI PU VENIR T'ACCUEILLIR SUR LE QUAI, MAIS PAS AU POINT DE RATER TA PETITE FÊTE !
VIEUX FARCEUR, VOUS ÊTES SOLIDE COMME UN ROC !
ON M'A RACONTÉ EN ARRIVANT QUE TU ÉTAIS DEVENU FONCTIONNAIRE IMPÉRIAL EN CHINE ! BRAVO, UN HOMME DE TALENT COMME TOI TROUVE TOUJOURS SA PLACE. JE T'EN FÉLICITE.
KOF ! KOF !... EXCUSEZ-MOI.
MAÎTRE, C'EST AU SOUVENIR DES RÉCITS DE VOTRE EXPÉRIENCE D'AMBASSADEUR QUE JE LE DOIS...
TSS TSS RACONTE-MOI, JE TE PRIE.
EH BIEN, APRÈS PAS MAL D'AVENTURES, LA PROVIDENCE A VOULU QUE JE SAUVE LA VIE DU FILS DU PRÉFET DE LA CAPITALE DU SUD, NAN-JIN. CE N'ÉTAIT PAS TRÈS GLORIEUX, POUR TOUT DIRE : NOUS NOUS SOMMES CACHÉS PENDANT UNE ATTAQUE DE BRIGANDS. MAIS SON PÈRE M'EN A ÉTÉ NATURELLEMENT RECONNAISSANT EN ME PRENANT À SON SERVICE.
KOF... KOF... EXCUSEZ-MOI ENCORE, CETTE MAUDITE TOUX NE ME QUITTE PLUS... JE T'EN PRIE SANDRO, CONTINUE, KOF... KOF...
RENTRONS, MON AMI, VOULEZ-VOUS ? VOUS ALLEZ FINIR PAR ATTRAPER LA MORT.
KOF... KOF... OH, N'AYEZ CRAINTE DE CELA, MON AMI...
ET CETTE JEUNE PERSONNE QUI T'ACCOMPAGNE, SANDRO, PARLE-MOI UN PEU D'ELLE.
AVEC PLAISIR : ZHANG WU-LIN, MA FEMME. SON PÈRE ÉTAIT UN MOINE TAOÏSTE RÉPUTÉ, JE L'AI RENCONTRÉE DANS LA MAISON DE MON MAÎTRE, ELLE Y ÉTAIT AU SERVICE DE SON ÉPOUSE EN TANT QUE MÉDECIN. JE VOUS ASSURE QUE C'EST UN ART DANS LEQUEL ELLE EXCELLE. D'AILLEURS, ELLE POURRA PEUT-ÊTRE VOUS AIDER À SOIGNER VOTRE MAL ?
KOF... KOF... PEUT-ÊTRE, MON JEUNE AMI.
PEUT-ÊTRE CONNAÎT-ELLE UN REMÈDE CONTRE LA VIEILLESSE ?

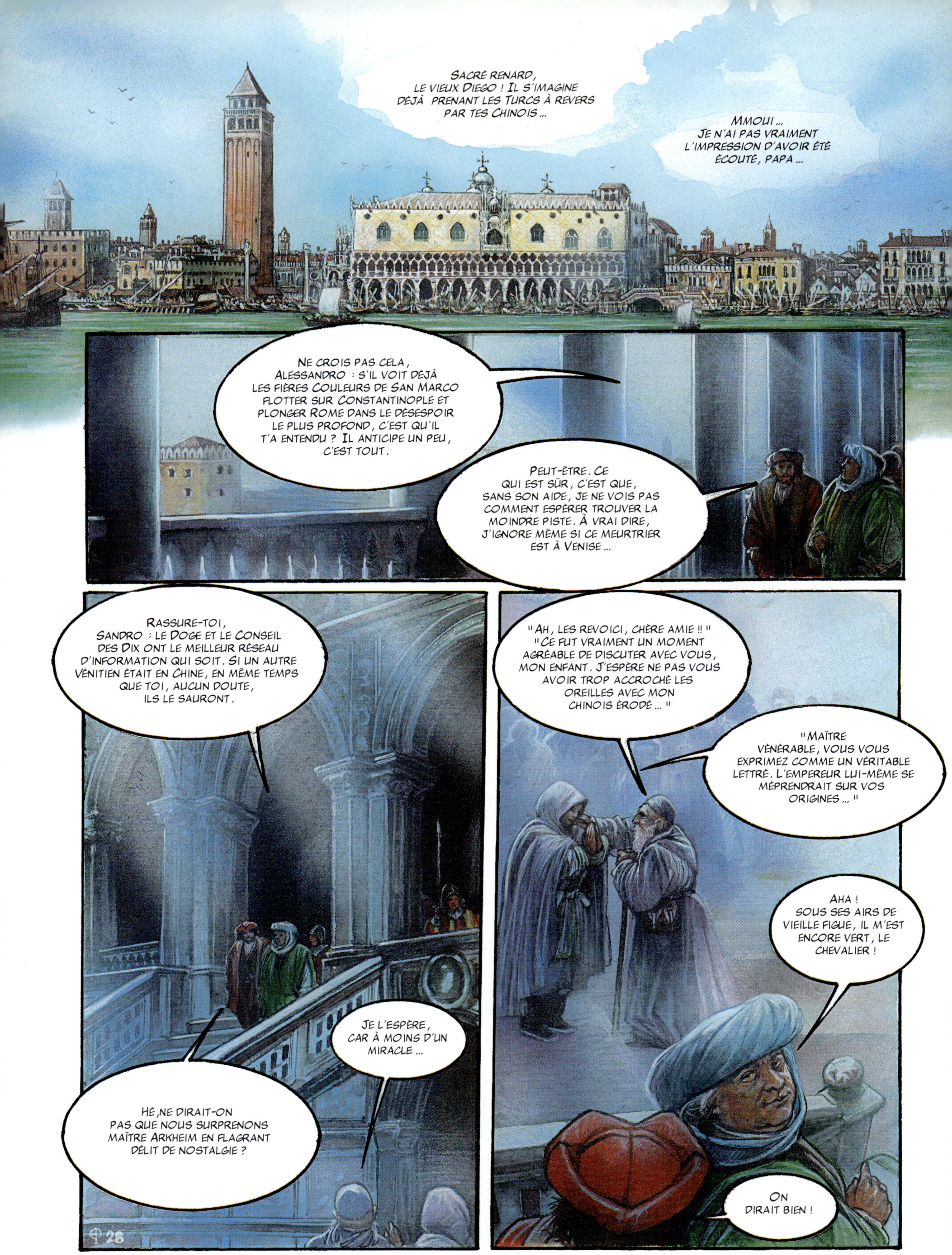
SACRÉ RENARD, LE VIEUX DIEGO ! IL S'IMAGINE DÉJÀ PRENANT LES TURCS À REVERS PAR TES CHINOIS...
MMOUI... JE N'AI PAS VRAIMENT L'IMPRESSION D'AVOIR ÉTÉ ÉCOUTÉ, PAPA...
NE CROIS PAS CELA, ALESSANDRO : S'IL VOIT DÉJÀ LES FIÈRES COULEURS DE SAN MARCO FLOTTER SUR CONSTANTINOPLE ET PLONGER ROME DANS LE DÉSESPOIR LE PLUS PROFOND, C'EST QU'IL T'A ENTENDU ? IL ANTICIPE UN PEU, C'EST TOUT.
PEUT-ÊTRE. CE QUI EST SÛR, C'EST QUE, SANS SON AIDE, JE NE VOIS PAS COMMENT ESPÉRER TROUVER LA MOINDRE PISTE. À VRAI DIRE, J'IGNORE MÊME SI CE MEURTRIER EST À VENISE...
RASSURE-TOI, SANDRO : LE DOGE ET LE CONSEIL DES DIX ONT LE MEILLEUR RÉSEAU D'INFORMATION QUI SOIT. SI UN AUTRE VÉNITIEN ÉTAIT EN CHINE, EN MÊME TEMPS QUE TOI, AUCUN DOUTE, ILS LE SAURONT.
JE L'ESPÈRE, CAR À MOINS D'UN MIRACLE...
HÉ, NE DIRAIT-ON PAS QUE NOUS SURPRENONS MAÎTRE ARKHEIM EN FLAGRANT DÉLIT DE NOSTALGIE ?
"AH, LES REVOICI, CHÈRE AMIE !!" "CE FUT VRAIMENT UN MOMENT AGRÉABLE DE DISCUTER AVEC VOUS, MON ENFANT. J'ESPÈRE NE PAS VOUS AVOIR TROP ACCROCHÉ LES OREILLES AVEC MON CHINOIS ÉRODÉ..."
"MAÎTRE VÉNÉRABLE, VOUS VOUS EXPRIMEZ COMME UN VÉRITABLE LETTRÉ. L'EMPEREUR LUI-MÊME SE MÉPRENDRAIT SUR VOS ORIGINES..."
AHA ! SOUS SES AIRS DE VIEILLE FIGUE, IL M'EST ENCORE VERT, LE CHEVALIER !
ON DIRAIT BIEN !

*BAI-JIN = PÉKIN (SENS LITTÉRAL : CAPITALE DU NORD).

"JE N'AI PAS PARLÉ DU DOGE DE LA PERLE D'IMMORTALITÉ. JE LUI AI JUSTE RACONTÉ QUE L'ASSASSIN DE TON PÈRE A VOLÉ UNE RELIQUE TRÈS PRÉCIEUSE, SANS PLUS... SI JE LUI AVAIS DIT LA VÉRITÉ, IL M'AURAIT SANS DOUTE FAIT ENFERMER, OU PIRE."
"TU AS BIEN FAIT, D'AUTANT QUE CELUI QUE L'ON CHERCHE L'A SÛREMENT DÉJÀ CONSOMMÉE !!! ALESSANDRO, J'AI L'IMPRESSION QU'ON NOUS SUIT DEPUIS LE PALAIS !"
"MAIS NON, TU ES JUSTE SENSIBLE À L'ESPRIT DE VENISE. NE T'INQUIÈTE PAS. ICI, L'ESPIONNAGE SE PRATIQUE COMME UNE RELIGION, ET TON VISAGE ATTIRE LA CURIOSITÉ, TU SAIS..."
"NON NON, C'EST ENCORE AUTRE CHOSE !"
"BON, IL N'Y A QU'UN MOYEN D'ÊTRE SÛR, SUIS-MOI."
"BIENVENUE DANS LE TERRAIN DE JEUX DE MON ENFANCE, WU-LIN, UN VRAI LABYRINTHE !!"

PORCA MISERIA !! ON LES APERDUS !
N'ONT POURTANT PAS PU NOUS REPÉRER.
"TU AVAIS RAISON, AMORE, TOUTES MES EXCUSES."
POK!
"J'AI TOUJOURS RAISON, CARO MIO !"
FIGLIA DELLA GRAN PUTA !!! FONT VRAIMENT CHIER, CES CHINOIS ! AÏE, MA MAIN !!!
"ALESSANDRO, JE SUIS CERTAINE D'AVOIR APERÇU UN AUTRE HOMME, PLUS PETIT."
ARRÊTEZ DE FRAPPER, S'IL VOUS PLAÎT !
VOUS VOUS MÉPRENEZ, SIGNORE : C'EST VOTRE PÈRE, LE SÉNATEUR BA¯TISTA, QUI NOUS A DEMANDÉ DE VOUS SUIVRE DISCRÈTEMENT POUR VOUS PROTÉGER !
C'EST TRÈS RÉUSSI ! BRAVO !
QU'EST-CE QU'ELLE DIT ?

" ... JE NE SAIS PAS MOI, TU AURAS PEUT-ÊTRE CONFONDU. IL N'Y AVAIT QUE CES DEUX ABRUTIS, LES FRÈRES GANDOLFI, À NOUS FILER HIER. PAS D'AUTRES OMBRES AVEC EUX !!! "
" JE SUIS SÛRE, AMORE, IL Y AVAIT BIEN UN TROISIÈME HOMME, PLUS PETIT, PLUS DISCRET. SI CES DEUX IDIOTS N'EN SAVAIENT RIEN, C'EST PROBABLEMENT QU'IL N'ÉTAIT PAS AVEC EUX. !!! "
" QUE VEUX-TU DIRE ? TU PENSES À UN HOMME DE L'ASSASSIN, VOIRE L'ASSASSIN LUI-MÊME ? C'EST ÇA ? IL SERAIT DONC DÉJÀ INFORMÉ DE NOTRE ARRIVÉE À VENISE ? "
" JE NE SAIS PAS - SI JE PEUX RESSENTIR LA PRÉSENCE DU " DRAGON BLANC MALÉFIQUE ", ALORS PEUT-ÊTRE QUE LUI AUSSI ... "
" SANDRO ! IL EST LÀ !!! "
"IL EST LÀ , EN BAS, C'EST LUI ! "
" LUI ? TU VEUX DIRE ... L'ASSASSIN ? "
" C'EST LUI QUI NOUS SUIVAIT HIER ! JE LE RECONNAIS !! "

" D'ACCORD ! IL N'Y A QU'UN MOYEN D'EN ÊTRE SÛR. ATTENDS-MOI ICI. "
ÉVIDEMMENT, IL NE M'A PAS ATTENDU ... PEUT PAS ÊTRE BIEN LOIN.
TU PEUX COURIR, MON BONHOMME. QUAND JE VAIS TE METTRE LA MAIN DESSUS ...
... JE VAIS TE FAIRE PASSER LE GOÛT DE L'ESPIONNAGE ...
"BIENVENUE DANS LE TERRAIN DE JEUX DE MON ENFANCE !!! " PERDU ! ... ET IL PLEUT, EN PLUS.
33

ENCORE UNE FOIS C'EST TOI QUI AS RAISON, AMORE... CE TYPE N'EST PAS VENU ICI PAR...
SEIGNEUR ! POURQUOI EST-IL REVENU ? POURQUOI, POURQUOI ?
QUOI ? QU'EST-CE QUI SE PASSE ?
SANDRO, MALHEUREUX ! QU'AS-TU FAIT !?!
GIROLAMO ? QU'EST-CE QUI EST ARRIVÉ ? C'EST QUOI TOUT CE RAFFUT ? POURQUOI LA GARDE ?
SIGNOR ALESSANDRO. C'EST TERRIBLE... TERRIBLE.
OH, SIGNORE, QUE LA MADONE VOUS PROTÈGE, C'EST TERRIBLE !
JE VAIS PRIER POUR VOTRE SALUT, SIGNORE.
MAIS QUOI ? QU'EST-CE QUI SE PASSE ICI ?!?
SANDRO, MON PAUVRE PETIT FRÈRE ! QU'AS-TU FAIS... QU'AS-TU FAIS !?!
MAIS QUOI À LA FIN !?! J'AI FAIT QUOI ?!? TU VAS M'EXPLIQUER CE QUI SE PASSE ICI, OU QUOI ?!?
C'EST TA FEMME, SANDRO, C'EST TA FEMME !!!

WU-LIN ? QU'EST-CE QUI LUI EST ARRIVÉ ? AMORE?
PAPA ? MAMAN ?...
SANDRO, C'EST TOI QUI AS AMENÉ CETTE VIPÈRE À LA MAISON, ELLE A TUÉ TON PÈRE !!! C'EST TOI QUI LUI AS OUVERT NOTRE PORTE !!! JE TE MAUDIS, SANDRO, CETTE MAISON EST MAUDITE DEPUIS QUE TU ES REVENU AVEC CETTE TRAÎNÉE, CETTE CATIN DU DIABLE ! ELLE A TUÉ TON PÈRE, SANDRO !!!
WU-LIN ? PAPA ?
SANDRO, UN VALET L'A VUE, ELLE S'EST ENFUIE.

C'EST À CAUSE DE TOI, SANDRO ! JE TE MAUDIS !!!
CALME-TOI, MAMAN, PEUT-ÊTRE IL NE SAVAIT PAS...
PAPA ? MAIS QU'EST -CE... WU-LIN ??!
JE TE MAUDIS, SANDRO ! ELLE A TUÉ TON PÈRE ! C'EST DE TA FAUTE !
C'EST VRAI, SIGNORE, JE L'AI VUE ! C'EST ELLE QUI L'A ASSASSINÉ.
JE SUIS DÉSOLÉ...
TU MENS, CE N'EST PAS POSSIBLE...

SI, SANDRO ! TA FEMME A VERSÉ LE SANG DANS NOTRE FAMILLE, DANS NOTRE MAISON. ELLE A ASSASSINÉ NOTRE PÈRE. TU DEVRAS T'EN EXPLIQUER DEVANT LE DOGE.
GARDES ! SAISISSEZ-LE ET EMMENEZ-LE ...

* "ALORS QU'ELLE SE LAVAIT LES MAINS ET SON BEAU VISAGE
J'APERÇUS MA DAME VÊTUE D'UN SIMPLE JUPON BLANC
ALORS JE LUI DIS : "QUEL BONHEUR DE TE TROUVER ICI"
A CELA ELLE NE RÉPONDIT PAS, MAIS ELLE COUVRIT SES PIEDS CAR ELLE ÉTAIT DÉCHAUSSÉE ... "
(CHANSON MÉDIÉVALE VÉNITIENNE)

ATTENDS ... OUTCH !!!
C'EST LE DIABLE, CETTE FILLE
HOULÀ !
POK!
CRONCH!
IMPRESSIONNANT, FILLETTE. TU ES BIEN LA DIGNE FILLE DE WU-DI. VOYONS À PRÉSENT CE DONT TU ES CAPABLE.

DES "YE XING KE" ICI !!! ALORS MA VISION ÉTAIT JUSTE : LE DRAGON BLANC EST BIEN ICI, À VENISE. VOUS ALLEZ ME CONDUIRE JUSQU'À LUI !!
NOUS SOMMES LES OMBRES DU DRAGON, C'EST EXACT, IL EST BIEN ICI.
ET TU AS ÉGALEMENT RAISON : NOTRE MAÎTRE COMTEMPLERA LES TRAITS DE TON VISAGE À LOISIR ...
... QUAND NOUS LUI REMETTRONS TA TÊTE !!
SHTOMP!
C'EST PAS ENCORE FAIT !

JE SAURAI VOUS CONTRAINDRE À M'AMENER À LUI !
REMERCIE-NOUS, FILLETTE ! BIENTÔT, TU VAS RETROUVER TON PÈRE. SALUE-LE POUR NOUS !
KLING !
C'EST LA DEUXIÈME FOIS QUE NOUS NOUS RENCONTRONS, ET CELLE-CI EST LA DERNIÈRE.
ON SE CONNAÎT ?

KLUNG!
On s'est croisé dans un village au pied du Huang Shan.
Du Huang Shan ?!?!
Tu te battais contre un gros bouseux et son frère pour aider ton ami. Les paysans ont apprécié ta performance, ton père était quelqu'un de respecté.
Mais alors... si tu y étais...
Oui, c'est moi qui ai tué ton père. Aujourd'hui, c'est ton tour.
SHRUNK!
42

TU NE PEUX PLUS RECULER, FILLETTE. TU N'AS QUE LA MORT COMME ISSUE.
NON, MON PÈRE M'A DIT UN JOUR ...
... QUE MÊME LES SITUATIONS LES PLUS DÉSESPÉRÉES, LES PLUS NOIRES ...
... ON TROUVE TOUJOURS UNE PORTE DE SORTIE, TOUJOURS ...
A CONDITION D'AVOIR CONFIANCE !

QUAND TU ES REVENU DE VENISE, ALESSANDRO BATTISTA, NOUS T'AVONS OUVERT LES BRAS, VOULANT OUBLIER LES RAISONS QUI T'AVAIENT CONDUIT À L'EXIL. RECONNAIS QUE NOUS NOUS SOMMES - ET TON PÈRE LE PREMIER - MONTRÉS MAGNANIMES
ET C'EST PAR CE CRIME ODIEUX QUE TU L'EN VAS REMERCIER ? MAUDIT SOIS-TU !
TU AS ÉLEVÉ TON INSOLENCE JUSQU'À ABUSER DE NOTRE MANSUÉTUDE ET DE NOTRE TEMPS À GRAND RENFORT DE FABLES, BERÇANT NOTRE ESPRIT D'HYPOTHÉTIQUES ALLIANCES CHINOISES POUR RENVERSER LE TURC, ALORS QU'AU MÊME INSTANT TU PORTAIS LE FLÉAU DÉMONIAQUE AU CŒUR MÊME DE NOTRE CITÉ ! NOUS TE DESTITUONS DE TES DROITS DE CITOYENS DE NOTRE CHÈRE RÉPUBLIQUE. TU N'ES PLUS DES NÔTRES. AUTANT DIRE QUE TU N'ES PLUS RIEN !
CHARGE MAINTENANT AU PROCUREUR GÉNÉRAL DE FAIRE TOUTE LA LUMIÈRE SUR CETTE SINISTRE AFFAIRE, QUITTE À EMPLOYER L'INSTRUMENT DE LA "QUESTION", CAR NOUS SUBODORONS DERRIÈRE CE MEURTRE D'HÉRÉSIE UNE PUISSANTE ODEUR DE SOUFRE !

SUITE ET FIN
DANS LE TOME 2
"LE CORDONNIER
DE JÉRUSALEM"